청어詩人選 441

바람난 개나리

최인혜 시집

청어

바람난 개나리

최인혜 지음

발행처 도서출판 **청어**
발행인 이영철
영업   이동호
홍보   천성래
기획   남기환
편집   이설빈
디자인 이수빈 | 김영은
제작이사 공병한
인쇄   두리터

등록   1999년 5월 3일
       (제321-3210000251001999000063호)

1판 1쇄 발행 2024년 5월 10일

주소   서울특별시 서초구 남부순환로 364길 8-15 동일빌딩 2층
대표전화 02-586-0477
팩시밀리 0303-0942-0478
홈페이지 www.chungeobook.com
E-mail ppi20@hanmail.net

ISBN   979-11-6855-246-3 (03810)

본 시집의 구성 및 맞춤법, 띄어쓰기는 작가의 의도에 따랐습니다.

바람난 개나리

최인혜 시집

시인의 말

길게 드러누운 노을도 생각이 많아지는 저녁입니다.

늘 우당탕거리며 조바심이 일상인 저에게도 쉼표 같은 시간이 예약되었습니다.

언제부터인가 낙서처럼 수취인 없는 글에 작은 마음을 담아보는 게 습관이 되었습니다.

그냥 주저리주저리 생각하고픈 이야기를 적는다는 건 최소한 귀찮아하지 않고 내 이야기에 귀 기울이며 세상의 일로 데이고 들어왔을 때 함께 마음 풀어줄 편안한 친구가 되어주기 때문이지요.

그리움이 습관이 되어버린 작은 소녀

항상 고개를 떨구고 있는 저에게 할머니는 긴 머리를 쓰다듬으시며

"웃어라, 그래야 더 예쁘지."라고 말씀하셨습니다.

나중에 생각한 일이지만 나를 반듯하게 지켜낸 원동력은 웃음이었습니다.

웃음에는 긍정이 있고 친화력이 있고 기분 좋아짐이 있었으니까요.

시는 나에게 친구이고 상처 난 마음의 치료제였으며 지친 마음을 순화시키는 치료제였습니다.

이렇게 시라는 형식을 빌려 쓰여진 내 생각의 부스러기 들을 용기 내 엮어 봅니다.

생각 주머니에 말이라는 옷을 입혀 세상 밖으로 내놓는 일이

이렇게 부끄럽고 용기가 필요한 일임을 알게 합니다.

이 글을 통해서 많은 사람의 생각과 공감이 이어지고

서로 마음이 닿아진다면 너무 기분 좋아질 일이라고 생 각합니다.

나의 외로움과 함께해 준 이 글들에 무한 애정을 담아 봅니다.

-2024년 가는 봄을 아쉬워하며

순수문학당선 소감(2011년)

귀한 상에 송구스러움과 감사함이 교차합니다.

절반 고개를 넘어서면서 아무리 후한 점수를 줄래도
점수 받을 곳이 보이지 않는 나의 감성에
가끔은 서글픔과 함께 고독한 내 자아와 마주치는 날
나도,
무언가를 시작해야 한다는 강박감에 시달리고 있었습
니다.

이렇게 가슴 벅찬 시인 등단이라는 전화 연락을 접하
고 나니
부족하고 모자란 글 어여삐 보아주신 심사위원님들께
무한한 감사를 드립니다.
29살 먹은 아들놈이 엄마의 노후 계획은 무어냐고
묻기에
"시인 등단이 목표야…"라고 말한 적이 있습니다.
대단한 어머니라고 말해준 울 아들에게 약속을 지키게
되어 감사하고
옆에서 가만히 미소 짓던 남편에게 뽐낼 수 있어 행복
합니다.

이제 또 다른 변화를 준비해야 하겠습니다.
  열심히 공부하고 모든 사물을 아름답고 섬세하게 보리
라는 다짐과
  어렸을 적 소녀의 꿈을 아직도 간직할 수 있게 도와준
모든 식구에게 감사합니다.

  나의 꿈을 빨리 이룰 수 있게 도움 주신 피 교수님을
비롯 심사위원님,
  내 가슴을 요렇게 작은 팔랑거림으로 설레게 할 수 있
게 해주심에
  고맙습니다.

  이것을 시작으로
  열심히 최선을 다하여 독서와 습작으로 문학인에게 누
가 되지 않게 하겠습니다.
  감사합니다.

청자 항아리에 곤때 묻어가는 세월

60년 사 수록된 작품
-김성수 시인

그의 시는
청자 항아리에 곤때가 묻어가듯
그렇게 익어가는
아름다운 진행형이다

지나는 바람결에도 눈을 뜨고
은은한 별빛, 그 고운 촉광 속에서도
가슴 설렌다

시(詩)라는 용기 속에
사랑을 담고
그리움을 담고
새벽의 푸른 박명(薄明)을 담아
화알짝 아침을 열어나갈
최인혜 시인

청자 항아리에 곤때가 묻어가듯
조금씩 조금씩 쌓여가는
연륜의 나이테
대기만성(大器晩成)이란 말처럼
쉬지 않고 걸어가는 아름다운 그 행보를
은근히 기대해 본다.

사성당

사성당 최인혜 님에게(당호)

-류각현 시인

넘치는 열정 속에
생각은 깊은 바다

낭송소리 향기에 젖고
어진마음 은혜롭다

긴 여운
사랑노래가
옥빛처럼 영롱하네.

차례

2부 진달래

3부 나무

4부 허기진 마음

5부   향기는 풀의 상처이다

1부

메아리

먼 길 혼자 갔다 돌아오는 너는 내 생각이다

사랑하는 사람 생겼니?

한참 웃음 많던 시절 함께했던 친구에게 톡이 왔다
잘 지내는 거지
예쁜 이모티콘이 모든 걸 말해주었다
늘 생각은 하는데
핑곗거리가 많았나 봐
지금 만날까
한참의 수다에는 그간의 시간들이 다 담겨있다
'사랑해'라는 친구의 문자가 왔다
순간 '나도 사랑해'라는 말이 목구멍을 막았다
늘 꼬장꼬장
세상을 향해 옳고 그름이 분명했던 친구의 예상 밖 단어
'나두 많이 보고 싶었어'라고
답장을 하고 저녁 내내 그녀를 생각했다

사랑하는 사람 생겼니?

골목 바람은 심술쟁이

산비탈을 한걸음에 달려온 바람은
전신주에 부딪치고
막다른 골목에 접어들어
남의 집 창문을 두드리다
할아버지 기침 소리에 기겁하고 도망친다
따라가던 긴 꼬리가 우물가에 놓인
세숫대야를 흔들고 가는데
잠 청하던 아기가 놀라서 눈이 번쩍 토끼 눈 되고
토닥이며 잠재우던 아낙은 가슴이 철렁 내려앉는다
순간을 못 참는 이웃 강아지는 요란히 짖어댄다

남의 속도 모르는
바람은 심술쟁이인가

보내는 시간

병원 예약에 맞추어
시간을 보내려고 커피 한잔 샌드위치 한 개
역시 서울의 물가는 지방의 배(倍)다
직장인들 우르르 몰려 나간 허전한 한 귀퉁이
커피 한 모금에 생각을 마시다 고개를 들어보니
노트북과 사투를 벌이는 남자
오래된 영문 신물을 한 움큼 옆에 두고 열심히 메모하
는 흰머리 소년
다소 진지한 대화를 나누는 멋쟁이 중년까지
나도 슬그머니 분위기에 스며들어 손 컴을 두들겨본다
이곳의 임대료는 얼마나 될까
이 건물은 얼마면 살 수 있을까
이 건물주인은 행복하겠지
고민이 있다면 어떤 게 있을까

독백

참 웃긴 거 알아
해바라기 곁에 서성이는 바람 말이야
해바라기는 해를 바라보고 있고
바람은 해바라기 주변을 서성이고,
사실은
바람이 해바라기 주변만 맴도는 건 아닐 거야
이리저리 왔다가 해바라기 주변에 머무는 것인지도
해바라기는 말이야
늘 한 곳만 향하는 듯하지만
자기를 향해서 밝음을 주는 쪽을 향해 있는 거야

해 바라기 하다 꽃잎이 떨어지고
씨앗이 익어갈 때쯤
해바라기는 말하지
너를 기다리다 난 속이 까맣게 썩었다고
바람은 말하지
너에게 다가가기 위해 난 거칠고 험해졌다고

차가운 바람이 부는 어느 날 해바라기는 중얼거리지
네가 있어서 참 좋았다고
바람도 답하지
네가 있었기에 외롭지 않았다고

이분법적 사고 안에서 사는 우리

세상을 바라보는 관점은
너와 나
밤과 낮
행복과 불행

좋은 것과 나쁜 것
삶과 죽음
계란이 먼저일까? 닭이 먼저일까?

단순하고 편리한 논리가 자연에서도 통하나 보다
같은 넝쿨나무인데 서로 반대 방향으로 틀고 자란다는
칡과 등나무를 보면 말이다

1003호 앞집, 1004호 영문과 교수님
출근길 현관을 열면 가끔 통로에 신발이 벗겨져 있었다
종종 술에 취해 학생들 등에 업혀 귀가하신 것이다
주말 서로의 현관이 개방되어 우리 집으로 놀러 오신 어
느 날
일 년에 한 번씩 대판 싸우신다는 말씀
이유인즉 매달 싸우기 싫어서 술값과 경조사비로
대출을 500만 원씩 내서 학교 서랍에 보관하고 사용하

신다고 했다

　은행에서 보내주는 안내장이 들키는 날 전쟁을 치르신
다는

　웃지 못할 속사정

　이것도 이분법?

시인이 나는 좋다

연두가 입술 내미는 4월
간밤에 하느님이 연둣빛 물감을 뿌리셨다
바람에 떨구어진 꽃잎 내 시선을 빼앗는다
순간, 이 세상에 시인이 없었다면
우리 삶이 얼마나 재미없을까?
노랫말을 노래하는 가수가 없다면
우리네 건조한 감성은 어디서 위로받을까?
이 아름다운 풍경을 표현하는 화가가 없었다면
긴 겨울을 어찌 지냈을까
가슴속 뿜어져 나오는 에너지를 연주하는 악사가 없
었다면
이 세상은 얼마나 삭막했을까
주어진 조건을 어떻게 대하느냐에 따라
행복과 불행은 결정되는 것
기쁨 환희 행복은 느끼는 자의 것인 것처럼
이 세상 넘쳐나는 예술가가 많다는 건 축복이고 찬란이다

태동하는 봄

2월이다
새해를 맞아
푸른 잎 끼워 안부 인사 주고받다가 보니
그대는 벌써 내 앞에 서 있다
웅크린 가슴으로
옷깃을 파고드는 찬바람
어정쩡하게
봄으로 가는 길을 열어주는 그대
추운 겨울과 따듯한 봄을 연결해 주는 징검다리다

계절이 오고 가는 것처럼
그대를 사랑하는 마음 또한 구속이 아니었음을 말한다
오늘은 화단에 나가 숨죽여 있는 나뭇가지를 살펴보아
야겠다
어느덧 꽃망울이 벙글고 있을 것이다
이제 여인이 만삭의 몸을 이끌고 진통하듯
봄을 잉태할 것이다

우리를 설레게 하는 봄을

맑고 향기롭게

찬 머리
맑은 눈
따듯한 가슴

학창 시절 급훈이 가슴에 새겨져
늘 함께하는 비타민이 되었다
긴 시간을 다하여 내게로 와 준 생각
그건 바램.

보이지 않는 마음

카톡 카톡
어느 모임방에서
늦은 시간
이른 시간 때도 없이 찾아오는
카톡 알림 때문에 화를 내는 이모티콘이 올라오곤 한다
난 무음으로 해놓고 하루에 몰아서 보곤 한다
카톡을 안 본다고 짜증을 듣기도 하지만
나의 자유로움에 고쳐나갈 생각이 없다
어느 날 늘 푸른 소나무와 차를 마시는데
좋은 글이 있으면 제일 먼저 동생이 생각나고
"이런 음악, 이런 그림도 좋아하겠지!" 해서 보내주는
관심이라고 한다

순간 햇볕에 말라버린 지렁이처럼 온몸이 말라붙었다
바쁘다는 핑계가 궁색해지는 순간이었다.

행복한 섬

동트는 바다라는 푯말이 선명하게 새겨진 한 섬
동해 밤바다는 어둠이 짙다.
산책길에 홀로 남겨져 마주하는 밤바다
보이지 않는 지평선 끝
바다와 닮은 모양으로 앉아 소곤거린다
달빛도 별빛도 바람도 소곤거린다
밤하늘을 떠도는 이야기

잔잔한 바다는 조곤조곤 내 이야기에 귀 기울이고
그리고 짧은 하얀 거품은 간결하게 물어온다
살면서 풀어지지 않는
이야기를 내게 던진다
한 이야기에 답하기도 전
또 다른 질문이 하얀 거품으로 내게 온다
오래된 이야기 속에서
어둠을 헤치고 오고, 가는 모든 것들을 위해
계속되는 이야기는 멈추지 않는다
시간이 멈춘 듯 순간에 빠져든다
반짝이는 밤바다는
내 마음을 따스하게 물들인다
행복한 섬이다

생명 본능

요크가 새끼 4마리를 낳았다
아이들이 흥미를 잃어 장식용이 되어버린 피아노
그 의자 밑이 그들의 안식처
느긋한 오전
반쯤 닫힌 눈이 거실 쪽을 향하고
어미 강아지는 새끼 강아지를 물고
안방 침대 밑으로 끌어들이느라 분주하다
왜 그럴까
콩나물도 검은 보자기를 씌워야 크고
아기를 재우려면 햇빛을 피해야 했다
강아지집을 어두운 커튼으로 가려주니
어미 강아지의 이상 행동이 멈추었다
아기가 배고플 때쯤 어미의 젖가슴이 돌듯
불안을 느낀 어미 강아지
새끼를 입으로 물어 이동하는 생명 본능이었다
문득
대문 밖으로 밥 먹으라고 소리치던
젊은 그녀의 소리가 듣고 싶다

준비하는 봄

숨죽이고 겨우내 버티던 땅이 태동한다
돌잡이가 엄마하고 첫입을 열었을 때의 호들갑스런 감
정처럼
흙도 감정을 못 참아내고 들썩인다
긴 겨울 개미들과 함께 동면했을 피곤한 파뿌리들이
파릇하게 노래한다
그들도 한 해를 살아내야 하는 기운을 안으로 받고
있었다

베란다에서 잠자던 감자 싹을 듬성듬성 잘라서
텃밭에 심으니, 해님이 비닐 이불 속으로 들어간다
고운 흙으로 이불을 덮은 적상추며 청상추 씨는
언제나 눈맞춤 할 수 있을런지
손가락만 한 상추 모종을 심었다
빨리 식탁에 올리려는 생각에
입가에 미소 한 모금이다

전국 산은 곳곳이 불타고 있다는 뉴스를 전한다
그러고 보니 수도꼭지로 목마름을 채우기에는
더 갈증을 느낀다
어서 흠뻑 초록 비가 와주기를 기도한다
온 세상이 초록 옷을 입을 날이 코앞에 와있다

까치는 알고 있다

내 병실 창가
빈 가지만 앙상한 아카시아
꼭대기 튼실한 새집 하나둘…
밤새 나를 지켜보았을 까치들
밤새 뒤척이는 이유를 알고 있다는 듯
말이 상처가 되어
상처를 치유하기 위한 몸부림
오해와 이해를 반복하다 나를 껴안으니
초승달이 입꼬리 올리고
별님 한 개 침상에 내려와 토닥토닥
내 가난한 긴 시간은
어느새 해님을 불러온다
창가에서 밤새 보초 서던 까치들이
내 마음을 응원하며
창가 가까이 푸덕이며
아침 인사한다
나는 씩 웃어 보인다

잡초

잡초라 하여 향기가 없겠느냐
장미만이 향기를 지녔더냐
장미는 가시에서 향내를 내고
잡초는 누군가에게 밟혀 향기가 난다
그 향기 대기 중에 떠돌다 아침 이슬로 내려앉아
하늘로 기화되고 구름에 묻어 내 가슴을 적신다
긴 여정 끝에야 만날 수 있는 너를
내 어찌 잡초라고 말할 수 있을까
삶의 아픔일 때마다
나의 상처는 성숙이라는 이름으로 치유되고
서로를 애잔한 마음으로 바라보는 여유도 생겼다
손 내밀면 따듯해지는 이 세상 가장 고귀한 너
사랑이
머리에서 가슴까지 내려오는데
70년이 걸렸다는
김수환 추기경님의 말씀이 생각난다

눈 내린 세상에서

순백의 눈이 쌓인 휴일 아침
손주 녀석들과 눈 치우러 마당에 나왔다
며느리는 아이들과 눈사람을 만들고
아들과 할아버지는 마당의 눈을 치우는데
옆의 땅 공터는 거대한 하얀 도화지
점령해야 할 땅을 발견한 동심으로
뒷걸음으로 걸었다
내 앞으로 찍힌 발자국이 선명했다
온몸의 신경을 곤두세워
넘어지지 않으려고 걸었지만
그 발자국은
삐뚤삐뚤 갈팡질팡이었다

이것이
내가 최선을 다해 살아온 삶의 모양인가…

밤사이

떠오르는 모든 아픔이
별이 되어 쏟아지는 밤
유성처럼 빠르게 지나가는
되돌릴 수 없는 후회
찰나의 행복 같은
별똥별의 사랑 앞에
되돌릴 수 없는 기억들이
적막 속에
이 무거운 공간을 이고
새벽을 맞는다

괘종시계

바삐 움직이는 초침
따라가는 분침
정지한 듯 움직이지 않는 시침
이음새 없는 혼백의 질주
쫓아가는 나의 일상
무엇을 쫓아가는 건지 늘 제자리
일생의 절반은 잠을 자고 그 절반은 일을 하고
또 그 절반은 술을 마시고 사랑을 하고
변함없는 일상이 모여 세월이 되고
계절 따라 변한다 해도 늘
제자리를 지키는 괘종시계 마냥
아름다운 숱한 날의 추억
가슴속에 밀봉하듯
속으로 속으로 나이테만 만들고 있다

2부

진달래

붉어지는 볼이며
볼 때마다 흔들리는 눈빛
너는 내 첫사랑

그때는 그랬었지

꽁꽁 언 손을 입김으로 녹이며
누런 코는 들숨과 날숨 따라 오르고 내리고
고드름처럼 길어지면 소매에다 쓱~
초등학교 입학할 때,
앞가슴에 하얀 손수건
그때는 그랬었지
대문 안에 세 가족
또래 아이들 모이면 싸움이고
할머니의 숨겨진 안방 항아리에선
누룩으로 빚은 술 익는 소리 뽀글거리고
문간방 경수 아버지 월급봉투를 술하고 바꾸고 돌아오
신 날
경수 어머니 눈에는 보라색 섀도가 선명하고
더는 못 산다고 동네가 떠들썩하다
마중물을 부어주고 펌프질하면
끝도 없이 나오는 우물가에선
집집마다 사연도 다양해라

부족한 게 많은 시절
공동으로 사용하는 게 많았으니 그게 무소유였던가
어느 해 추석 전날

손주들 먹이시겠다고 송편을 빚어
아궁이에 장작불 타오르고
옆에 달라붙어 즐거워하는 나에게
그렇게 좋냐고 물으시던 할머니
생가지가 타면서 내뿜는 연기 속에
숨어 흘리시던 할머니의 눈물이 자꾸만 떠오른다
모든 게 부족했으나 채워지지 않는 궁핍
작지만 서로 나누어 먹으면서 부족함을 공유했던 그때
모든 게 풍족한 지금
장작불에 흔들리는 할머니의 눈물이 자꾸만 떠오른다

그녀의 목소리가 사라진 세상

갑작스러운 교통사고처럼
온 세상이 꽁꽁 얼어붙던 겨울날
꽃상여에 그녀를 보내며
난 한 그루 가시나무가 되어 서 있었다
그건 그도 마찬가지였을 것이다
사파리 무리 속으로 떨어져 버린 듯
절망과 공포 속에서 어깨를 들썩이고
감정이 목구멍 너머까지 차오름을 이성이 누르지 못하고
흔들리는 동공 속
흐려지는 눈
가장 아플 때 날 위해 눈물 흘려주는 그들에게도
도망치고 싶었던 마음
함께 감정을 나누며 무너지는 나를 외면하려
냉정과 억지웃음으로
피하는 게 내 방식이었던 상황

마지막을 선택할 용기마저 없는 우리
꼬여버린 상황을 서로의 책임으로 몰아간다면
남겨진 이들은 어떤 모습으로 남겨질까
상처는 시간에 맡기기로 하고
서로를 찌르며 자학하지 말자고 했다

그리움은 그리움으로 자라게 하고
멈춰진 사랑으로
이제 슬픔이 아닌 너를 사랑했던 그리움으로
살아갈 힘을 찾는다

오늘도 그녀의 목소리 귓가에서 쟁쟁거린다.

이유가 뭐지?

칼로 물 베기라는 부부싸움은
부드러움과 딱딱함 그리고 그 경계선
햇빛 찬란한 봄날이 있는가 하면
살을 에는 겨울 삭풍이 함께한다
때로는 아이스크림처럼 달콤한 이상한 소리도 한다
친한 것 같다가도
정체 모를 성냄에 나쁜 사람이라고 생각된 적 있는 사람

밀려드는 공허감
피곤함과 외로운 마음이 만들어 내는 눅눅한 감정의 협업
딱히 무엇 때문이라고 구분되게 속상하거나
슬프거나 마음 아파야 할 구체적인 사건이 없음에도
그렇게 생각되는 건
한 지붕 아래 모든 것을 공유하고
함께한다는 이유로 섬세한 예의를 지키지 않기 때문일까?

우리 집 식탁도 봄이다

노랑나비도 보이기 전
나무뿌리의 근육처럼 솟아난 손등으로
어디서 이 귀한 보물들을 가지고 오셨을까
손주 녀석 엄지손톱만 한 달래며 미나리 냉이를
한걸음에 달려가 한 봉지 둘러매고 봄스럽게 인사한다

봄나물을 싸우지 말라고
듬성듬성 잘라서 골고루 섞는다
하얀 물을 골고루 적신 후
들기름 방석을 깔고 뜨거운 철판 위에 올리면
집안 가득 봄 향기가 진동을 한다

오랫동안 옥상에서 모진 풍파 견디느라 딱딱해진 몸을
콩물을 진하게 우려내어 부어주었더니
맛드러진 모습으로 본래의 모습을 찾은 된장
맛진 놈에게 달래를 넣고 귀하신 하얀 몸을 네모지게 썰어
보글보글 끓이니 온 집안에 구수한 냄새가
구석진 곳까지 돌아다니며 행복을 전해준다

거실에서 티브이 보던 남편도 벌떡 일어나
식탁으로 온다
우리 집 식탁에 봄이 왔다

약봉지가 창피해

약은 먹었니?
서로에게 물어주는 일상의 인사다
간혹 이성적인 사람들이 다른 치료 방법 찾다가
위험한 상황까지 간다고
약을 먹는 건 생명을 지키는 것이란다
그래서일까
밥 한 공기, 약 한 공기가 공식이 되어버렸다

가끔 약을 빼 먹는다든지
먹고 또 먹고를 반복해서 요일 약통을 사 왔다
쓰레기통을 뒤져 약봉지를 확인하는 것이
더 자존감을 지키는 일인지
그는 어두운 서랍 속에서 잠자고 있다

긴 목걸이를 한 흰 가운 앞에서
기계가 말해주는 수치로
고분고분 검사받는 착한 학생
약국에서 커다란 봉투를 들고
대기자들을 뒤로하고 나오는 발걸음
늙은 청춘은 민망함에 뒤통수가 뜨겁다
인생은 지금부터라고 호기를 부려보지만

하릴없는 늙음은 약의 가짓수만 늘어나고
세월이 훔쳐 간 젊음을 미화하여 추억한다

거리에서
넘쳐나는 청춘들을 물끄러미 바라본다

사랑은 진행형

할미가 좋으냐
응
얼마큼
이~ 만큼(두 손을 활짝 벌려) 내가 보이는 거 다만큼
오구~ 내 새끼
작은 가슴 끌어안고 숨죽여 떨구는 냇물
이유를 모르는 손녀는
그 상황이 자기 잘못인 것 같아 따라 운다

이제 할미가 된 그 손녀
세상에서 누가 제일 좋아?라고 손주에게 묻는다
엄마
엄마만?
엄마 아빠 할머니 할아버지
최면에 걸려 주문을 외는 듯 노래한다

내게는 엄마였던 할머니
지나간 슬픈 상념들 뒤로하고

단풍잎 같은 작은 손을 조물거리며 따뜻함을 품는다
오징어잡이 불빛이 밤하늘에 반사되어
불화살처럼 쏟아져 내리는 목마른 밤바다
사랑은 진행형이다

익숙해질 수 없는 낯설음

3대가 함께 목욕탕을 갔다
할버지 집에 와서 하시는 말
아들 녀석 잔소리에
마음은 상한 물거품처럼 부글거린다
어린아이 달래듯 들어보니
아버지가 아들 키울 때 하던 소리를
아들이 아버지에게 재현하는 상황
아들의 아들에게 하는 염려와 놀이가
아들이 볼 때는 불안하고 믿음이 안 가는 상황이다
내가 너를 그렇게 키웠단다
내가 그리 허술한 놈처럼 보이느냐고
독 묻어 나오는 말이 무서워
목구멍으로 삼키며 왔단다

요즘은 종종 70년 산 아버지와 40년 산 아들의
심리전을 분석하는 일도 내 일과다
현재와 과거의 상황은 다르다며
인정받고 싶은 자와
아직도 어린애 같다고
자기 생각이 더 확고해지는 자 사이의 신경전
떠오르는 해를, 지는 해가 어찌 이기겠는가

하지만 아들아
일단은 맞장구를 쳐주고 너의 생각을 말해도
마음에 생채기가 생기는 일은 없을 텐데
나이 듦은 공연히 힘 빠지고
서러운 생각이 앞서는 건 어쩔 수가 없구나!

이 지독한 짝사랑

3월의 햇살이 겨울을 물리치던 날
그녀의 부푼 배는 진통이 시작되었다
준비물을 꼼꼼히 챙기며 태동과 놀고 있는 긴장의 시간
일찍 퇴근하겠다는 남편을
아직 별이 안 보인다고 기다리라고 했다

만삭이 되어 병원 통로를 걸을 때
최대한 우아하게 걸으려고 했던
진통이 임박한 병실에서 소리 지르는 게 민망하여
간호사를 향해 미소로 고통을 호소했다

새 생명을 가슴에 품었을 때 목멤
눈도 못 뜨고 꼼지락거리더니
본능으로 가슴을 찾아
젖을 물었을 때 터질 것 같은 감동
내 몸 밖에 또 다른 내 심장이 뛰고 있었다
작고 소중한 절대적 사랑의 대상
그것은 내 짝사랑의 시작이었다

철학이 춤추는 밤

집중 치료실에 누워
팔다리 정신 멀쩡한 채로
약물 떨어지고 기계 소리 들으며
시체 놀이를 사흘째 한다
눈 감고있어도
간호사가 서랍 여는 소리
칠십 먹은 할아버지가
의식도 없이 묶인 팔다리 두들기는 소리
산소마스크에서 내는 거품소리
칠십 할머니가
누군가와 허공에 흘리는 징징거리는 소리
기적은 하늘을 날거나
바다 위를 걷는 게 아니라
땅 위를 걷는것이다라는 중국 속담이 생각났다
나는 누구인가
어떻게 살아왔는가
무엇을 추구하며 살아야 하는가
내가 잘살고 있는 건가

철학이 춤추는 밤이다

병상일기

슬픔도 참으면 낳는 줄 알았더니 덜컹 몸에 이상이 왔다
며칠씩 이어지는 머리 아픔을 이기지 못해
의료원 응급실을 찾았더니 바로 기독병원으로 이송이다
멀쩡한 육신이 앰뷸런스 차가운 침대에 누워

몸이 추운 건지
마음이 추운 건지 덜덜 떨린다
이리저리 끌려다니는 몸뚱아리 하나
앵앵거리는 병원의 기계음 소리가 유난히 거슬린다
사타구니를 타고 들어오는 뜨끈한 무언가에 알 수 없는
절망감

힘 들어간 손안에 푸른 잎 하나 쥐고서
하나님 부처님 마음대로 하세요
아픔인지 괴로움인지도 모를 상념들이
내 머릿속을 짓누르고 있었던 것이다
9일간의 중환자실
온전하게 걸을 수 있음에 감사한다

행복한 거울

아들 가족과 흰머리 소녀와 소년
아이들 좋아하는 공룡공원에서 하하 호호
햇살도 요란스럽게 하하 호호

두 돌이 채 안 된 손주 녀석
앞주머니에 손 꽂고 걷는 아빠 따라
억지로 구겨 넣은 짧은 손에 어깨까지 구부정
걷는 모습이 기우뚱 우스꽝스럽네

닿지도 않는 짧은 손 억지로 뒤로하고 아장아장
뒷짐 지고 걷는 흰머리 소년 따라가네
의자에 앉아 다리를 꼬니
짧은 다리가 앙증스럽게 따라하네
보고 있던 공룡도 짧은 다리 감추려 하네

어린이는 어른들의 거울

소양강

소양강 여객선이 물살과 다투고 있을 때
그녀는 큰 소나무 아래 의자에 앉아 말했지
사랑도 풀 자라듯 쉽게 자라는 거였으면~
독백하듯 중얼거렸지

계절이 변하듯
사랑도 변하면서 성장하는 거라고
나도 쉽게 툭 던졌지
들풀 자라듯 쉽게 사랑하라고

소양강 강가에 나는 그녀와 서 있었고
내 어깨에 그녀의 힘없는 손이 얹어지고
우린 나란히 여객선이 질주할수록
거센 물보라를 일으키며
저항하는 강물의 사나움을 보고 있었지

나는
그녀의 성장통을 감당할 수 없었지
다만 서두르지 말라고 낮게 말해주었지
옆구리로 스쳐 가는 마른 바람의 말
그 또한 지나가는 시간이라고

갱년기

갱년기도 이긴다는 고3병을 치르던 아들
늦도록 잠자는 아이의 침대에 올라가
두서없는 내 감정을 쏟아냈다
황당해하는 아들
말썽을 부리는 것도
저지레를 치는 것도 아니고
단지 공부를 안 한다는 이유로 몰아붙이느냐는
다소 억지스런 패변
인 서울이 아닌 지방대학을 가도 만족한다는 말에
내 욕심이었구나 하고 마음을 내려놓으니
그 밉던 아들이
예뻐 보이던 날 있었다
무엇을 쥐고도 만족하지도 못하고
고마워할지도 모르는 야망
내 맘대로 재단하려는 이기심
나도 분명 현대인의 병에 걸려있었다

이한이 첫돌 날에

포근하고 따듯한 엄마 집을 나온 아기가
오늘로 삼백육십오 일이 되는 날입니다
작년에도 오늘처럼 햇살 쨍하던 날
우리 곁에 와준 하니는
우리 가족을 감동시키며
바라보기만 해도 가슴 속에 천사를 살게 합니다

보행기를 거들떠보지도 않더니
짝 엉덩이를 하고 성큼성큼 기다가
이제는 소파를 붙잡고 혹은 의자를 잡으며
좌로 우로 걸음마 연습을 합니다

그뿐인가요
우리에게 익살스런 재롱으로
어른들의 마음을 들었다 놓았다 하며
녹슬고 곪고 상처받은 가슴을 녹여
따스한 심장이 뛰게 한답니다

대견스럽고 고마운 마음으로
어서어서 건강하게 쑥쑥 자라서
자랑스러운 이 집안의 자손이 되기를 간절히 기도합니다
흐뭇한 미소와 행복한 마음으로 이 기쁨을
우리 사랑하는 며느리에게 보냅니다

며느리 사랑한다!

아들

임신한 뒤태가 예쁘니 아들인가보다
입덧을 안 하니 효자인가보다
동네 어르신들의 말씀이었다

우렁찬 울음소리 터드리던 닐
온 세상을 다 얻은 것 같은 큰 감동을 준 아들
젖꼭지 물릴 때 가슴속 뭉클함에 뜨거운 눈물 짓게 하
던 아이다

병원에서 나와 목욕시킬 때 나를 긴장시켰던 첫아이다
4개월쯤 지나서인가 아이와 옹알이할 때
잇몸에서 하얀 이가 나온 것을 보곤 그 경이로운 감동
이란…

학교 다닐 때 똑똑하여 나에게 기쁨을 준 아이
사춘기 지날 때 나에게 절망과 아픔을 주었던 아들
기대치를 낮추니 비로소 아이가 예쁘게 보이고
기대치가 높아 항상 부족하게만 생각되었던 아들

믿어주고 기다리면
스스로 알아서 다 한다는 어르신들의 말씀을 이제야
알겠다
울 아들에게 난 사과한다
미안해 엄마가 너무 조급증을 내서…

그리고 고마워

하얀 밤

세면대 위 걸레가 방긋 웃는다
나를 대신하여 온 방을 헤매었을 그
어떤 날은 콩장을 만들고
화분들을 정리하고
구둘에 붙은 검은깨 몇 말을 뜯어내고도 남는 하얀 밤

그가 선택한 것은 나의 아바타 25시
당당히 자랑도 못 하고 수줍게 미소 짓는 얼굴
60에 숫자가 더해지는 세월
잠자는 나를 들여다보며 스쳤을 수많은 생각들
중성화되어 가는 나이 듦에 외로움이 앞선다

이렇게
우리 집에는 아줌마 둘이서 산다

그때는 맞고 지금은 틀리다

아들딸 구별 말고 하나만 낳아 잘 기르자
맞고 틀리는 경우는 없다

다만
그때는 틀리다는 걸 몰랐을 뿐이다

인생(人生)

혼자는 힘들다며
서로 등 맞대었네
소가 외나무다리
건너는 어려운 길

당신과 내가 함께하니
우리 가족 탄생했네

3부

나무

너의 얼굴을 보여줘
너는 어디가 앞이니
이곳을 보아도 예쁘고
저쪽으로 보아도 아름답다
아! 너는 편견이 없는 나무였구나

벚꽃

벚꽃
빈 가지,
팝콘 만들어 꽃등 달더니
햇살 사이
떨어지는 꽃잎
눈길 되어 마음을 세운다
지고 난 자리
봉긋이 내미는 새잎
또 다시 올 봄을 기약한다
약속은
기다림이다

목련은 지고

이 계절이면 언제나
내 마음 흔들어 놓는 너
목련화
애타는 마음 아는 듯
꽃 먼저 피운 고고한 빛
손 닿지 않는 나무 끝
잘난 척에 지쳐
상복 입은 미망인의 얼굴로 변해가는 너
가여워라…
꽃잎 진자리
사랑받은 추억을 새기며
새잎이 돋아난다

너는 이제 자유

가을 사랑

가을비 내리던 날
서러운 낙엽 운다

쓸쓸히 바람 분 날
밀 못 할 사랑 내리고

뒹군다. 바람길 따라
길잃은 낙엽 옛 품이 그립다

봄날은 간다

영산홍 붉은빛
폭염에 떨고 있다

나비는 숨죽여 울고
벌들은 윙윙 운다

궂은비 내리는 화단 위에도
봄날은 간다 내 반생도 함께

낮달

빌딩 숲 걸쳐있는
낮달의 소박한 미소

무리 속 빠져나온
낮달은 외롭다네

낮달은 수수히 미소 짓네
내 반생만큼 외롭게

사계

봄은 들판으로부터
여름은 바다에서
가을은 하늘로부터 온다
그리고 겨울은 산으로부터 내려오겠지

봄, 여름, 가을, 겨울…
어느 한 계절 부족함이 없었을까
아쉽고, 후회되고, 미련으로 떠나보낸 계절
계절의 순환 속에 버거운 삶은 모든 생명체의 고뇌인 듯

끝나지 않는
너를 향한 붉은 집착들이 되살아난다

장미

곳곳마다 장미의 자랑질이 한창인 계절
남의 집 담장 너머로 고개 내민
장미가 내 가슴을 콩닥거리게 한다

장미를 좋아해서라기보다는
어디서부터 밀려오는 감정인지
4월과 5월의 장미라는 노랫말이 흥얼거려지면
발걸음은 길 위에 뜬 기분

장미를 너무 좋아한다기보다는
계절마다 좋아하는 게 다른 것도 같고
이름도 너무 어려운 야생화가 좋아졌다고 말하자니
너무 소박하거나 아는 게 없는 듯도 하다

여름이 오는 길목
흐드러진 장미를 보면
생의 의미가 부여되고 생기가 도는 건
생명의 흐름
이 또한 세월이다

세 잎 클로버

강변 뚝 무리 지어 핀 클로버
존재감 없는 클로버는
당당히 무리 지어 자기만의 세상을 만든다
습관처럼 찾는 네 잎 클로버
짓밟혀진 꽃들과
꽃반지 사이로 해가 진다

일상에서 만나는 소소한 행복
수많은 세 잎 클로버 속에
네 잎 클로버가 숨겨진 것은
행운은 행복 속에 숨겨져 있는 것일 거다
어쩌면
이 작은 아름다움이
나의 빈 가슴을 채우고 있을 거야
침묵하며 나를 강하게 만들겠지

행복은 가진 자의 것이 아니라
느끼는 자의 것이기에

봄바람

제각기 폼 나는 몸짓
거칠게 사각사각
부드럽게 살랑살랑

다가온 봄바람
나뭇가지 흔들어
잠에서 깨어나라 재촉이고

어느 사이 봄 햇살은
나뭇가지 어루만지며
깊은 입맞춤에 빠졌네

아, 세상에나
영영 못 올 것 같은 사랑도
이렇게 때가 되면 오는구나

하늘 냄새

높아지는 쪽빛 하늘
코스모스 흠모하는 꽃잎마다
그리운 옛 생각
내 마음도 파도타기 시작하네

속마음 내보여질까
조바심하던 작은 소녀
동무하여 핀 코스모스 모양
함께 모여 수수한 미소
튀는 색 없어도 아름다운 저 무리

흔들흔들 바람 따라 나부끼고
여러 색 어우러져 하늘색에 스며드네
애틋이 숨어있는 쓸쓸한 아름다움
가을은 네가 있어 아름답다

분재

온갖 수모 견딘 긴 세월
기형스러운 몸
끌려 나온 행사장 창가
억지웃음 짓네

건강하기보다는
보여주기 위한
힘겨운 다이어트

쇼윈도에 비친
아가씨의 억지웃음
마음이 고파 먹는 밥

바람난 개나리

봄을 기다리는
백운산 자락에는
강아지풀 빨대로
노란 물감을 올리는 중이다
손 흔들어 반겨주는
이름 모를 잔가지들
더 깊은 숨을 쉬며 힘겨운 초록을 빨아올리고
떠나지 못하는 잔설은
햇님에게 불려간 서러움에 울고 있다
그 서러움은 계곡에서 만나
실로폰으로 작은북을 치는 푸른 물소리

오두방정 개나리
급하게 햇님 마중 나왔다가 사랑에 빠져버렸네
그대는 나의 별
밤하늘 별님을 유혹하다가
지나가던 바람에게 들켜버렸네

아, 어쩌면 좋아

제비꽃

햇살이 눈 부신 봄날
들녘, 모든 생명은 흥이 넘친다
햇살이 반가운 개미도
몸의 두 배가 넘는 쌀가마니도 번쩍 든다
개미를 따라가던 길
보랏빛 제비꽃
얼마나 애타던 봄바람이었던지 손부터 내밀고 본다
오랑캐 투구를 쓴 얼굴은 아직도 한 많은 표정이다

옛날 옛적 이아와 아티스의 사랑을 시기한
비너스가 큐피드에게 쏘게 한
사랑이 불붙는 화살을 맞는 이아와
사랑을 잊게 하는 납 화살을 맞은 아티스
엇갈린 감정에 아티스에 버림받았다는 상실감에
이아는 세상을 떠났는데
비너스는 그런 이아를 작은 제비꽃으로 만들었다고 한다

배반과 애증의 끝에서 독백처럼 되뇌었을 사랑
아티스와 이아에게 운명의 장난이 있었음을 감지한 제비꽃
비너스를 용서할 수 있을까

겸손한 모습으로
대접받지 못하는 곳에서 늘 햇살을 모아다 주는 제비꽃
낮은 자세로 너의 이야기에 귀 기울인다

냇물이 노래하는 이유

홍천을 지나다
물결은 봄바람에 흔들리고
웅덩이 안으로 집구경 하는데 까마귀도 함께 기웃
온몸으로 어서 오라고 손짓하는 버드나무

웅덩이를 만나는 개울물은 심하게 흔들렸고
떨어진 냇물은 안도하며
빙그르르 부드러운 왈츠를 춘다
낮은 경사를 지날 때는 신나게 노래했다

개울 바닥의 자갈도
봄 오는 소리에 신나서
개울물을 계속 간지럼 태우고 있다
경쾌하게 노래하는 개울물
이 봄 우리 사랑하게 해주세요

등나무

튼튼한 아랫도리 두어 가닥 다리를 꼬고
볼품없이 버텨 서서
편히 쉬라 꽃그늘 내 주시네

당신의 품에 누운 듯
향기에 취해 바라보는 하늘 위로
슬픔인 듯 기쁨인 듯
반반의 가슴속에
주렁주렁 보랏빛 편지 매달아 놓았네
슬픔과 기쁨으로 버무린 색 편지를 따다
당신의 맘 훔쳐보는 해 저녁
올려다보는 옥빛 하늘에 흰 구름 떠가네

석류

긴 여름 이겨낸
산고의 고통
악다문 입술에선
피가 고이고

입술 튼 힘든 세월
견뎌온 세월의 무게만큼
보석은 영글었네

알알이 들어찬 보석은
자손 번영의 상징
장독대 옆 노모의 기도 소리
귓가에 맴도는 저녁

4부

허기진 마음

그대와 내가
발맞추어 함께 만든 발자욱
바다가 몰래 가지고 간다

그와 내가
모래사장에 그려놓은 '사랑해'라는 글
바다가 몰래 지워버렸다

그대가 주고 간 이 지독한 그리움
뱃길이 내 마음을 가르고
뱃고동 소리 엉엉 통곡하는데
알아듣는 이 아무도 없다.

눈물 금지령

눈물 한 방울이
마주치는 이에게 전달되면
어느새 여럿에게 전달되어
각자의 눈물을 한 움큼씩 전달받고
뒤돌아 각자의 위치를 차지합니다
목구멍 위로 울음을 잔뜩 올려놓았지만
참는 것에도 한계가 있습니다

산 사람은
허망하게 사자를 향하여
푸념하고 원망하며 그리워하다
천천히 별을 가슴에 묻고 살아갈 겁니다
안타까움에 사랑한다고
좋은 곳에 가서 편안해지라고
주저리주저리 주문을 외워봅니다
바라보는 사진 한 장에서
수천 장의 이야기가 나오는 넋두리는
듣는 이도 없습니다

촛불을 켜며

구멍 난 양말 같은
나를 꺼내보는 아픈 밤
촛불의 흔들림과 함께한다
예전 어린 소녀는 별이 빛나는 밤에~
라디오를 들으며 촛불에 의지하여 엽서를 쓰던 밤
그때는 이런 시린 마음의 반대편이었지

아치(강아지 이름)가 무심코 현관으로 달려나가는 날에는
혹시나 하는 마음에 반가운 님 맞이하듯 쫓아가 본다
언제나 돌아서는 순간은 허공과 공허 사이
무너진 가슴에 촛불을 켠다
시린 마음을 덥히기에
촛불 하나로도 충분할 때 있다

떠난 님

풀어주지 못한 연줄 끊고
떠난 방패연처럼
되돌아오지 못할 사랑아
내 가슴에 남은 이 여한은 어쩌란 말이냐
하늘과 땅이 맞닿는
이 고통을 어디에서 내려놓을까
다 하지 못한 내 사랑이 운다
숨죽여 흐느끼는 이 상심한 마음
바람결도 멈추었다

내 사랑아

기억은 언제나

빨래를 손질하고
설거지하다가
방바닥을 문지르며
너를 기억한다
언제나 끊임없는 생각을
끌어내는 넌 내 사랑이다

시를 암송하다가 울컥
음악을 듣다가도 묻어나는 쓸쓸함
유행가 가사도 너는 내 생각이다
기약 없는 너를 사랑하는 것이 내 하루다
돌아오지 않는 너를 기억하며
폐허로 남은 아니 사라진 너의 잔상이
이제는 추억으로 남아야 할 기억

나는 끊임없이 불빛이 그립다

그리움과 보고픔의 중간 어디쯤에서
아쉬움과 후회스러운 일들을 되돌이하며
독거와 같은 밭은기침 소리로
새벽을 맞이한다
창가로 비치는 을씨년스런 눈바람이
쨍 한 가슴을 시리게 한다
허
공
에 보낸 메아리는 점점 깊어져 내 가슴은 가쁜 숨의 고
통이다

오늘도 내 마음은
가슴에 무거운 돌멩이 하나 얹어놓고
덜컹거리는 비포장도로를 질주한다

숨겨진 슬픔

방문을 여는데 티브이 앞에서
소리죽여 우는 남편을 보았다
순간 숨겨진 슬픔이 전염되어
눈물주머니를 열기도 전
남편과 함께한다
애써 외면하려 해도
시간에 묻혀야 할 쓸쓸한 기억들은
시도 때도 없이 찾아온다
네가 외로울 때
함께하지 못한 미안함
방 안 공기 가득한 쓸쓸한 그리움
떠난 이의 뒤에서 헛웃음 치는 아픔

석양에 걸려있는 그리움

그해 가을
딸내미와 법흥사에서 기도드리고 내려오는 길
행구동 수변공원에서
바라보는 석양은 한 폭의 그림이었다
마음의 감기를 치유 중이던 딸내미가 처음으로 하던 말
엄마 노을이 아름다워요
오늘 남편과 함께 걸어 내려오는 그 길
하늘의 노을빛은 온통
붉은 석양에 걸려있는 그리움이다
감정도 전염될까 봐
흐려지는 눈시울에 아픔을 삼키는 내 조용한 목 넘김
세월이 가면 잊힌다고 했거늘
점점 더 또렷해지는 그리움

진주가 된 눈물

할머니의 사랑으로 자란 그녀는
어려서부터 그리움이란 씨앗 하나 가슴에 심었다
가슴속 그 너머까지 뿌리를 뻗어
가부좌한 철옹성

그녀의 눈부시던 시절
철옹성을 뚫고 나온 푸르름이
햇빛에 반짝일 때도
그늘에 숨어있던 그리움은 시도 때도 없이 덜컹거린다

사랑 따위 믿지 않지만
그 사랑 놓치지 않기 위해
세상에 흔들리지 않기 위해
그리움엔 자물쇠가 채워졌다

하늘의 모든 별이 그녀를 향해 곤두박질치는
천만 년 묵었던 구름이 한꺼번에 쏟아져 내린다 해도
애써 외면했던 그리움
그리움은 부패해 폐부에서 녹아내리고
그리움 닮은 달님이
슬며시 내밀고 간 이슬은
그녀의 손안에서 진주가 되었다

산 너머 그리움

내비게이션은 목적지까지 두 시간을 가리켰다
한 공간 두 외로움은
각자의 허기진 외로움을 찾아 헤맨다
애마가 이끄는 대로 가는 길은
때때로 두, 세배의 시간이 더 걸린다
우리는 그 상황이 낯설지 않다

예천에서 문경으로 가는 국도에서 마주친 석양은
노을도 없이 말간 얼굴이다
수억만 년을 키워왔을 그리움
외로움 닮은 석양을 좋아하는 나
넌 나의 그리움
이 지칠 줄 모르는 그리움이여

한 공간의 두 외로움은 석양을 이야기한다
두더지게임 하듯 산 너머에 걸려있는 석양
때때로 사는 게 힘들지라도
살아있음은 이렇게 아름다운 거라 말한다
그래 힘내자
감사하며 살자

얼음장 밑의 그리움

사월의 마지막 일요일
오대산 선재길 내려오는 길
봄을 기다려 싹을 틔운 잎은
어두운 곳 어디라도 연두색을 뿌려대고 있다
분홍 진달래가 연두색에 화답하던 날
산모퉁이 그늘진 곳
하얀 얼음장 밑 맑은 물줄기
맑게 흐르는 청아한 소리
햇살은
이렇게 눈부시게 따스한데
임아 너는 얼음이었구나
울컥 서러움이 복받친다
조금만 더 기다려주지
참지 못하고 떠난 미운 님아
모든 것은 이렇게
우주의 시간에 맞추어 제자리를 찾아가는데
내 님은 이곳에 남아있는
얼음조각이었구나
우주 공간과 타협하지 못하는

미련

모든 촉수는 너를 향해 있고
내 예민해진 눈엔 이슬비 내린다
내 눈에 맺힌 이슬방울이
그대 가슴으로 날아간다
흔들리는 바람이 그림자를 쓰다듬는다
작은 바람의 부딪침이
온몸에 오그라들어 명치 끝이 아프다
광합성작용이 안 되어 성장이 멈춘 나무처럼
그래도 다시 한번 보고 싶은
보고 싶다고 되뇌는
이 물음이 사랑인가?

수취인 없는 편지

아침부터 비가 부슬부슬
수취인 없는 글에
작은 마음을 담아본다
그냥 주저리 주저리고픈

최소한 귀찮아하지 않고
내 이야기에 귀 기울여주며
같이 마음 풀어줄 편안한 친구

우리네 삶에는
기쁨의 시간과
고통의 시간이 비슷하게 존재합니다
월급을 받기 위해 한 달간 일하는 것처럼

마음 맞는 벗과 함께 늦도록 수다하고
밖에서 좀 힘이 들더라도 이슬이랑 친구 할 수 있고
늦은 귀가에도 차려준 밥상 맞이하고
이래저래 다음 생에 태어난다면
남자로 태어나고 싶은데 말입니다

그리움, 그 소중함

살아갈수록 그리움의 온도가 높아진다
영원히 잊은 줄 알았는데
영원토록 잊으며 살려 했는데
애증의 강 저편에서
아직도 날 부르는 절절함의 메아리

미웠던 추억도
좋았던 감정도
가슴 아픈 상처마저도
이제는 모두 다 옛이야기인데
어느 날 문득
이처럼 가슴 깊이 솟아오르는
그리움의 노래여, 이름이여

추억의 이름으로 살아온
수많은 세월의 창가에서
흘러가는 구름도, 스치는 바람도
나의 소중한 벗이었다
독백의 눈물로 침묵의 일기를 쓰던
젊은 날의 초상들

오늘도 나는 삶의 백지 위에
또 하나의 그리움을 찍고
역사의 주인이 되고
인생의 주인이 되고자 한다

너라는 이름

이름이란
대답이 없어도
끊임없이 부를 수 있는 특권인가 봅니다

메아리라면
되돌아올 수도 있으련만
공허하게 부르는 내 안의 웅얼거림
사람들은
이것을 슬픔이라 말하겠지요

사랑이라는 이름으로
간섭하게 되고 집착하다 보면
내 안의 울렁거림으로 인하여
상처로 남는 것임을
서로에게 상처임을

가끔은
그런 것을 그리움이라고
그리움이었다고
포장하고 싶어집니다

묵은 그리움

묵은 그리움이 나를 흔든다
수천 날을 지나 다 잊은 줄 믿었는데
애증의 강 저 너머엔
아직도 버리지 못한 감정의 부스러기가 남은 걸까

감정이 끊기고 이어지고를 반복하는 동안
좋았던 날보다 그리워했던 날이 많았고
미워했던 날보다는 이별을 예감한 날이 더 많았었지
문득 스치는 그리움에 내가 밉다

감정이라는 창고에 창문이 망가지어
구분되었던 감정들이 헝클어지는 날이면
내 마음도 일렁거린다
복잡한 감정들이 뒤섞이어 춤을 춘다
내 생각들이 감정에 지고 마는 날이다

떠도는 마음

내 인생이 꼬인다 느낄 때
바닷가를 찾았네
왔다가는 밀려가고
밀려가다 또다시 하얀 포말로
포효하는 파도
먼 바다 위엔 흰 구름
구름배 얻어 타고 생각 길 떠나네
난
갇혀있는 마음을 찾아 떠나네
허둥대는 이 마음
어디다 잃어버린 건지 몰라
한없이 떠도네

파도를 부숴버리며 달려드는 배 한 척
쌀 한 줌이 우족을 고듯 우려내는 생각을
달려드는 파도에 던져 버릴까
생각의 파편들은 어디로 떠돌까
시간은 흐르고 주름은 고이는데

5부

향기는 풀의 상처이다

어제 생각했던 나의 말
적어놓지 않았더니 도망가 버렸네
어디로 증발했을까
기억조차 없네
기록해 놓았던 생각을 찾아주었더니
빛나는 보석이 되었네

우리들의 외침

건강보험공단 앞에서는
깃발이 세워지고 군가처럼 결의에 찬 구호나 음악이
들린다
사무실에 앉아서도 들리는 쩌렁쩌렁한 외침
요즘은 삼 개월이 넘도록 띠를 두르고 생존을 위해
외친다
거리에는 "밖에 좀 나가게 해주세요 무서워요"라는 현
수막이
어린이집 아이들의 외침을 대변한다

"해고는 살인이다 고용을 약속해라"
"우리는 기계가 아니다 인간답게 살게 해달라"는 노조
측의 현수막
사람 구경이 시시하던 이 거리에 왁자지껄한 군중의 모
습이 활력을 주어 좋기도 하지만
들락거리는 동네 상가 화장실엔 자물쇠가 채워졌다

거리와 담장 안에는 경찰차로 방호벽을 만들고
경찰관들의 느릿한 발걸음과 경호인력은 넘쳐난다
생존을 위한 몸부림
절실한 외침은 건강보험 담장을 뛰어 들어가고
물고 물리는 이 외침들은 언제쯤 사라질까?

숨 고르는 흰 산

겨울의 끝자락
대관령을 넘어서니 눈이 내린다
몰아치는 눈송이, 하얀 우산으로 눈을 이고서 걸어간다
허난설헌에서 만난 매화는 원색의 아픔을 토해내고 있다

봄은 멀지 않은데
가는 길에 송이송이 목화송이 걸어두고
오시는 길 아이스크림 햇살 펴놓으셨다
길목마다 핸드폰에 저장되는 풍경들

바다 품에 안겨있는 옥계 한국여성수련원
수십 년 수백 년을 지켜왔을 소나무 숲
18개 도시에서 수많은 사연 앉고 시집온 항아리들을
수련원의 식구로 맞이하는 날 금줄을 매달으셨다 하네

마주 보는 흰 산은 화마의 아픔을 인내하고
새살이 돋기를 기다리며 거친 호흡을 내보낸다
아픔 없는 삶이 어디 있을까
창밖으로 바라보는 흰 산은
넓은 품으로 새 생명을 잉태하고 있으리라

사람 냄새

티브이 속으로 빠져든 그는
어머니의 손맛
아니 시골 맛이라고 하면
눈으로 마음의 고향을 찾느라 허우적댄다
요즘 맛집 찾는 지도가 인터넷을 달구고
예능을 함께하는 먹방이 대세인 듯하다

어머니의 손맛을 찾아 떠나는 휴일
늘 맛집은 제비가 처마 밑을 찾아 들 듯
흥부의 기운 옷이 생각난다
주방을 바꾸면 손님이 안 찾아든다는 말
주방을 중심으로 기어진 집
때론 만족하고 때론 광고비를 지불했다는 생각
젊은 손가락은 척척 핸드폰에서 정보를 찾아내고
꼬리곰탕으로 이어진 글에서 정보를 구체화시킨다

음식점이 흔하지 않던 시절
콩자반과 들기름에 구운 김 그리고 콩콩한 청국장
고래실논에서 구부린 허리가 만들어 낸

기름진 이밥 하나면 온 세상을 가진 듯
양으로 허기진 위를 달래던 시절은 가고
눈과 분위기로 즐기는 식사가 어찌 같겠는가
기다림 끝에 만들어진 어머니표와
뚝딱 요술램프가 만들어 내는 음식이 같을 수 없듯
왁자지껄한 식당 안에서 사람 냄새를 맡는다

마음의 근육은 어디서 생길까

코스모스 키도 못 넘긴 녀석이
도미노 쌓기 놀이하다 무너지면 울어버린다
아프지도 않은 손을 내밀며 반창고를 붙여 달라고 떼쓴다
넘쳐나는 먹을거리, 놀잇거리가 많아도 나눌 상대
가 없다
울음이 목구멍을 빠져나오기도 전 대령하는 우유병
참을성을 못 배운 우리들의 꿈나무

연탄을 새끼줄에 매달아
한장 두장 사 들고 와 추운 하루를 견디던 내 어린 시절
젊은 그녀의 명치끝이 들썩이면
호미 들고 밭으로 나가 잡초와 씨름하며 화를 누르고
삶이 퍽퍽해지면
양잿물을 넣고 삶은 빨래를 탁탁 털어
쨍한 햇빛에 널면서 그리움을 만났다
젊은 그가 화가 치밀면 삽 들고 밭에 가 고랑을 치셨고
소의 등을 쓰다듬으며 외롭고 부족한 자신을 다독였다
늘 밥상에서는 다툼이 있었지만 그 밥상은 둥글었다

준비되지 못한 어른들로 이유도 모르는 채 떠도는 작은 별

길 가다가 이유 없이 날아드는 주먹
직장에서 괴롭힘, 성희롱, 우울증
절대적 빈곤이 아닌 상대적 빈곤

요즘 사랑의 대상은 세 살배기 사람 강아지
유모차에 사랑을 태우고 산책한다
넘치는 에너지를 풀어내는 건 전기선을 타고 들어온 화
면과의 놀이
마음의 상처를 다독이는 건 파란색 알약이다
손대면 금방 쭈그러지고 마는 데워진 우유의 하얀
막처럼
내면의 힘이 없는 반짝이는 유리알이다

팬데믹 시대

마기꾼이란 말을 아세요
마스크를 쓰면 얼짱인데 벗으면 영 아니라고 하네요
우리 딸이 면접에서 마스크 덕분에 합격했잖아
그나저나 마스크를 벗는 날이 오기는 할까
화장을 안 해서 좋기는 하드만~
찜질방 안에서 마스크 쓰고 둘러앉아서 나누는 이야기
들이다

길을 나서는데 반가운 얼굴
용하게 서로를 알아보고 잠시 고민한다
주먹을 낼까
보자기를 낼까

일상의 마스크는
내가 머무는 세계가 한순간에 무너질 수 있다는 두려
운 공포다
층간소음
자택 격리
재택근무
배달의 민족
홈 트레이닝

비대면
택배의 폭주
사라지는 모임들

코로나는 우리의 일상을 변하게 만들었다
처음은 두려움이었지만 점차 안정기를 찾아갈 것을
간절히 소망해 본다

봄을 기다리는 아이

힘겨운 시간 견뎌낸 봄
새싹들 간지럼 태우며 사랑에 빠진 봄비
조용히 초록 잎 키우라고 초록비 내린다
이제 아롱아롱 햇살을 앞세운 벚꽃들
폭죽 터트리며 봄 환영 즐겁다
겨우내 움츠렸을 그 소년도
햇살 따라 담장 밑으로 나온다
얼음 뚫고 올라온 민들레가 함박웃음 짓는다
단구동 하이마트 사거리 담벼락
따스한 햇살이 퍼지면
마음의 감기인 그 소년 소식 궁금해라
하얀 목련도 고개 내밀어 그 소년 기다린다네

명자나무

모진 풍파 이겨낸 명자나무
어느새 밋밋한 가지 위 빨간 꽃 어여뻐라
덕지덕지 핀 촌스러운 빨간색
서울로 상경한 시골 언니 보이네

가난이 싫어 상경했지만, 궁색한 건 마찬가지
단지 아버지의 술주정에서 벗어났을 뿐
촌년 소리 안 들으려 빨간 립스틱으로 위장한 걸까
희망을 꿈꾸며 야학과 공장일을 했을 언니

힘든 공장 생활, 애끓음을 삼키며
지키고 싶었던 건 언니의 처녀성이 아니었을까
핏물이 뚝뚝 덜어지는 봄날 명자나무는
위험한 가시 잎 세우고 활짝 미소 짓네

나를 함부로 하지 마세요

위층 녀석들

뚫어진 문 창호지 사이로 별 헤던 밤
천장에 붙여진 신문지의 커다란 글씨를
눈에 담으며 잠을 청했던 어린 시절
위층 집 녀석들의 운동장에선 축구 경기가 절정을 이루고
꼬마 숙녀의 고함 조롱하듯
누렇게 세계 지도를 그리며 놀던 위층 녀석들

층간소음으로 다툼이 심해진 요즘 고 녀석들 어디에
숨었을까
성질 더러운 그분들이
추억 속에 고노무시키들을 고양이 앞에 가둬버린 건 아
닐는지
함께하는 세상이 아름답다고
깃발 들고 만기 출소할 날이 기다려진다
고 녀석들

시멘트 안의 아이들

80의 노부부가 산책하고 돌아오는 길
아파트 10층에서
8세짜리 어린이가 떨어트린 돌멩이에 맞아 사망했다
문을 받치기 위해 올려놓은 돌멩이를 던진 것이었다
초등학교 앞에서 병아리를 팔고
그 병아리를 사 온 아이들은
아파트 고층에서 떨어트리며 죽음을 확인한다
생명이 장난감인 셈이다

티브이에서 흔하게 접하게 되는 10대들의 폭력
친구를 향해 날아드는 삐뚤어진 가혹행위
소름 돋게 보았던 영화 《올가미》에선
아들의 사랑이
며느리에게 향하는 걸 막으려는
엄마의 일그러진 욕망을 그린 내용이다
어머니의 독설은 나를 충격에 빠트렸다
"넌 내 아들에게 사준 장남감에 불과해"라는 대사

무엇이 문제인가
내 아이만 소중한 걸까
내 아이는 밖에서 놀고 있는데
너와 내가 아닌 우리라는 공동의식이 필요하다

서로에게

사철 붉은빛으로 내 마음 받아주는 홍단풍을 심었다
올여름 비가 많이 온 탓인지 단풍색이 퇴색되고 병든
모습이다
걱정스러운 모습으로 살펴보는데
위로 향하는 줄기는 이내 고개를 떨구고
아래로 내리는 나무줄기가 다툼도 없이 잘 자란다
좁은 틈에서도 서로를 이해하는 나무줄기는 서시처럼
잔잔한 마음이다

이파리마다
바람에 대답하고 햇살에 감사한다
이른 새벽이슬로 정한 마음 알아차린다
지나가는 발자국에서 떨어지는 비밀스러움도
잎새마다 매달았을 사연들도
함부로 대하지 않는다
아래에서 위로
수없이 펴 나르는 개미들의 수상스러운 수다도 참
아낸다
햇살도 바람도 서로 차지하겠다고 다툼하는
단풍나무 아래 키 작은 수선화에 슬쩍 자리를 내준다
넉넉함이다

강돌의 노래

44번 국도를 달리다 보면
넓은 가슴을 가진 강이 있다
커다란 돌덩이를 수만 개 안고도 끄떡 않고 세월을 이긴다
늦게 찾아오는 봄에게 물 한 잔 내주는 넉넉함
수많은 이야기를 쏟아내는 여름 장마
수백 년 세월을 이긴 고통을 천둥 치듯 토한다
쏟아지는 햇살에 속살을 드러내며 유혹하는 바위들
흰 모자를 쓴 바위는 신령들의 놀이터
지나가는 구름도 머물다 간다

강돌은 미래를 짊어지고
정 맞지 않기 위해 제 몸을 깎는다
아직도 찾아내지 못한 숨은 이야기를
등 기대어 서로에게 의지하며 다가올 세월을 이야기한다
아무도 귀 기울여주지 않아도 강물은 서로에게 귀 기
울인다

희생적 윤회

알래스카 만까지 긴 여행
손가락만 한 그가 어른 팔뚝보다 더 커져서 돌아온 너
자갈에 긁히고
비늘이 떨어져 나가도 기를 쓰고 돌아온다

네가 살던 삶의 터전을 버리고
청국장 냄새 잊지 않고 찾아온다
위험한 바다를 떠나 안전하게 대를 이을 수 있는
죽음이 기다리는 강으로 온다

남대천에 달님의 그림자가 떠오르면
썩은 그녀의 몸은 미생물과 벌레의 먹이가 되고
자갈로 덮인 분신은 그 벌레를 먹고 자란다
동물들도 그녀를 먹고 숲으로 돌아가 나무를 키운다
송두리째 바쳐진 그녀
염치없는 밥과 염치없는 배고픔의 희생적 윤회이다

달님의 그림자가 떠오르는 강 언덕에서
눈물인지 기쁨인지 토해내는 독백
그가 돌아오길 기다린 외로운 터널
물살을 거슬러 오르는 고단한 삶

살아남으려 무던히도 애썼다
반듯하게 허리 세우려 부단히 노력도 했다
요행은 없었지만 세상은 공평하였다

굽은 허리

상자를 모으는 굽은 허리로
곡소리 빠져나간다
동행하는 네 바퀴는 그녀의 오랜 친구
네 바퀴에 올라앉은 그녀의 혈육

네 바퀴 무게에 버거운 거친 숨소리
유일한 혈육은 그녀의 발꿈치를
힘내라고 응원하며 졸졸 따라간다
동네 강아지도 합창한다

자기 몸집만큼 옹색한 그늘을 내주는 나무 밑
그들은 옹기종기 물을 나누어 마신다
같은 입을 둘이 마시고
떨어지는 물을 바퀴는 개미에게 양보한다

고단하다고
노곤히 잠이 온다고
뼈저리도록 환한 통증들 사이로
비껴가는 구름은 쪽잠을 끌고 왔다

나는 비전문가

나는 비전문가

부자가 되고 싶다면
우선 종잣돈을 마련해라
뉴스와 반대로 가라
일희일비하지 마라
거주하는 집은 투자가 아니다
긴 호흡으로 가라

너의 목소리

초등 2학년의 말이다
선생님 저는 너무 외로워요
깜짝 놀란 방문 선생님 이유를 물으니

어른들은 바쁘고
할아버지는 말 안 듣는다고 혼내시고
학원에서는 공부 못 한다고 혼나고
선생님도 저를 혼내시잖아요

엄마가 세상에서 가장 좋을 나이에
부모는 맞벌이
조부모에게 맡겨진 아이는
풍족한 환경이지만
왕성한 에너지를 감당 못 하는 천방지축 나이
힘 빠진 할아버지가 할 수 있는 건 호통
선생님은 아이를 꼭 안아주셨다 한다
듣는 순간 공감하는 내 가슴에 비가 내린다

너도 말을 들어줄 사람이 필요했구나

인생을 연주하다

인생은 악보입니다
늘 높은음만 있다면 그건 소음에 불과하지만
낮은음과 높은음이 함께 화음을 이루어 나가기에
기대에 찬 인생이 아닐는지요

세월을 더해 간다는 건
상처 역시 더해진다는 의미겠지요

무수한 추락 앞에 내성이 생기듯
상처받은 자가 치유되는 과정에서
용기 내 살아가야 하는 의미를 하나둘 찾아갑니다

사람이 울고 왔다 웃고 가는 인생
웃고 왔다 울고 가는 인생

누구도 피할 수 없는 제 몫의 사막이 있다고
아름다운 밤하늘과
거친 모래바람이 동시에 존재하는 곳이 인생이니까요

맞아야 사는 들깨

겁도 없이 자연에 도전장을 내밀고 들깨 모종을 했다
세상을 향해 당당하게 고개 세워줄 날을 기대하며
하늘 문지기가 기침하기도 전
눈 부비며 자리 잡지 못한
들깨 모종에 아침 인사를 드린다
호미 밑으로 건져지는 질긴 생명
아침 이슬로 식사하던 모기가 놀라서
잠에서 덜 깬 눈두덩이를 사정없이 조롱한다

풀만 죽이는 친환경 약을 조제하여
손님에게 술 권하듯 정성을 다해 분무한다
내심 이제는 수월하려나 하는데

노랗게 타들어 가다가 약 올리듯
밤이슬 먹고 살아나는 녀석들의 질긴 생명력
자연은 게으른 자의 요행을 결코 허용하지 않았다
더딘 발걸음으로 잡초들의 운동장이 되어버린 들깨밭
도움을 기다리던 밭은
동네 양아치들의 놀이터가 된 꼴
주인은 어디로 떠나고 객들만 요란한 대합실이다

차라리

못난 주인의 손에 두들겨 맞는 것보다 자유를 택한 걸까

준비되지 못한 욕망과 무지, 나태함이 망쳐버린 어린싹은

자라나는 붉은 독버섯을 두 주먹에 숨기고

시린 가슴 홀로 견디다 하늘의 별이 된 후 자유를 얻

었을까

지켜주지 못한 어린 모종에 고개 숙인다

이해한다는 것은

하느님도 외로워 산 밑으로 내려와 그늘을 만든다
는 저녁
마음의 화를 참을 수 없어 애마와 동행을 합니다
해님도 집을 찾아가는 길
가난한 나와 함께합니다
앞서거니 뒤서거니
내 어깨와 나란히 하면서
성난 나를 토닥이며 속삭입니다

이해란
남의 생각을 완전히 아는 게 아니라
다르게도 생각할 수 있다는 걸 공감하는 것이라구요
하늘 저쪽 기러기 떼 한가족 무리도
엄마 아빠 앞세우고 집을 찾아갑니다
함께 하던 햇님도 친구를 찾았는지
산 너머로 발그레 물들이며 축제를 합니다

어느 일몰의 근처에서 나를 만났을 때

-최인혜 첫 시집 『바람난 개나리』를 읽고

김부회(시인·수필가·문학 평론가)

1. 들어가며

시를 쓰는 이유에 대하여 많은 사람이 질문을 하거나 명확한 답을 얻기를 원한다. 하지만 정작 대부분 답은 정답지와 같은 답을 내놓기 일쑤다. 사실은 묻는 사람조차 시라는 것에 대한 정의가 정확하게 설정되지 않았기에 어떤 답이라도 만족할 수 없거나 혹은 만족할 수 있다는 것이 시라는 문학 장르의 정체성이라고 할 수 있을 것이다. 막연하게나마 '시는 이런 것이다'라고 생각하며 시를 쓰는 분들이 많은 것도 사실이다.

필자에게도 많은 분이 질문한다. 시는 아리스토텔레스의 시학 이후 발전하여 지금껏 왔다는 식의 학문적인 접근은 최소한 시라는 장르에서는 거론하지 말아야 할 것이라는 생각이 든다. 시는 감정의 산물이며 생각과 성찰을 바탕으로 자신 삶의 방향을 설정하는 잣대로 삼아야 하는 것이 바른 판단이 아닐까 싶다. 한 편의 일기를 쓴다고 가정해 보자. 늦은 저녁 어느 일몰의 근처에서 오늘을 무엇을 했고, 누구와 어떤 말을 했고, 어느 모임에서 이런 일이 있었고 등등을 헤아려 보다 '이런 부분은 내가 좀 더 참아야 했는데, 이런 상황에서 좀 더 지혜롭게 말해야 했는데'라는 생각을 정리하며 일기를 쓴다. 중요한 것은 쓰는 것이 아니라 반성과 성찰을 한다는 것이다. 오늘 일에 대하여 나를 채근하며 내가 나에게 편지 한 통을 쓰는 것, 그것은 내일을 살아갈 나를 바로잡는 일이다. 시가 중요한 것은 이런 마음 자세를 기본으로 삼는 것이기 때문이다. 물론 문학적 가치도 중요하고 문학적 기반과 문학이 지향하는 기본 tool을 위배하자는 것이 아니다. 시라는 장르에서 파생하는 결과물을 자기 삶에 대입하여 또 다른 결과물을 만들어 내자는 말이다.

그 결과물로 인해 내가 스스로 감동하고, 내가 공감한 어떤 현상의 영역에 대하여 타인이 감동할 수 있다면 그것이 시의 울림이며 가장 중요한 시 쓰기의 원칙이라는 생각을 배제할 수 없다. 시가 가슴에 들어오는 때, 내 작품 한 편의 어느 구절에서 누군가 눈물 흘리거나 삶의 위안을 받을 수 있다면 그것으로 작품은 성공한 것이다. 타인의 시선으로 잣대를 들이대고 함부로 재단하여 시적 질감이나 이미지즘에 위배 된다고 하는 등등의 말들은 그저 타인일 뿐이다.

중요한 것은 내 자신이다. 내 속에서 단단하게 야물어진 단어가 숙성되고 삶의 반경에서 얻어진 소박한 지혜가 영혼의 모음이 되어 당신의 마른 가슴을 보듬는 한 줄기 빛이 된다면 그것이 시 한 편에서 얻을 수 있는 최소한의 가치라는 생각을 해본다. 짧은 시라도 시 한 편을 쓰기 위해 시인은 거듭 생각한다. 오직 하나의 눈으로 세상을 보는 것이 아니라 겹눈을 갖고 세상을 보는 것이다. 같은 풍경을 보고 누구나 같은 생각을 할 수는 없을 것이며 같은 상황을 보고 누구나 가해와 피해를 나눌 수 없을 것이다. 세상은 다변화된 물상의 존재들이 얽혀 있는 곳이다. 그렇기에 시인은 시인 A와 시인 B의 초점이 다를 수밖에 없는 것이다. 시 속엔 무수하게 많은 사랑이 있고 이별이 있고, 삶의 방정식이 있고, 공식화되지 않은 공식이 있으며 측량할 수 없는 무게가 있으며 시인 자신의 영혼이 스며있다. 그것을 꺼내 세상에 보일 때 내가 본 세상에 대해 내 의견을 더할 때 우리는 시인만의 시선에 감사하고 공감하게 되는 것이다.

누구에게도 쉬운 삶은 없다. 누구에게도 아릿한 아쉬움과 회한과 그리움이 존재할 것이며, 누구에게도 저릿한 이별과 만남이 있을 것이며, 누구에게도 가족에게, 이웃에게, 친구에게, 주변에게 하고 싶은 말이 있을 것이다. 그 심중의 언어를 기표화하여, 때론 형상화하여 하나의 작품으로 잘 다듬어 내어놓을 때 세상은 어쩌면 아주 조금 변화의 모티브를 갖게 될지도 모른다. 모든 결과는 아주 작은 것에서 비롯된다는 말이 새삼 다가오는 이유다.

총 5부로 편성된 최인혜 시인의 작품을 읽으며 공통으로 드는 생각은 세상을 보는 눈이 참 아름답다는 생각이다. 세밀하게 최인혜 시인의 시 세계를 들여다보기 전, 시집 서두에 써 둔 '작가의 말' 몇 부분을 인용해 본다. 최인혜 시인이 시에 대해 어떤 관점을 갖고 어떤 자세로 글을 쓰게 되었는지 그 마음을 먼저 헤아리면 시집을 이해하고 감상하는 데 큰 도움이 될 것이다.

길게 드러누운 노을도 생각이 많아지는 저녁입니다.
늘 우당탕거리며 조바심이 일상인 저에게도 쉼표 같은 시간이 예약되었습니다.
언제부터인가 낙서처럼 수취인 없는 글에 작은 마음을 담아보는 게 습관이 되었습니다.
그냥 주저리주저리 생각하고픈 이야기를 적는다는 건
최소한 귀찮아하지 않고 내 이야기에 귀 기울이며
세상의 일로 데이고 들어왔을 때
함께 마음 풀어줄 편안한 친구가 되어주기 때문이지요.

그리움이 습관이 되어버린 작은 소녀
항상 고개를 떨구고 있는 저에게 할머니는 긴 머리를 쓰다듬으시며
"웃어라, 그래야 더 예쁘지."라고 말씀하셨습니다.
나중에 생각한 일이지만 나를 반듯하게 지켜낸 원동력은 웃음이었습니다.
웃음에는 긍정이 있고 친화력이 있고 기분 좋아짐이 있었으니까요.
시는 나에게 친구이고 상처 난 마음의 치료제였으며

지친 마음을 순화시키는 치료제였습니다.

이렇게 시라는 형식을 빌려 쓰여진 내 생각의 부스러기들을 용기 내 엮어 봅니다.
생각 주머니에 말이라는 옷을 입혀 세상 밖으로 내놓는 일이
이렇게 부끄럽고 용기가 필요한 일임을 알게 합니다.
이 글을 통해서 많은 사람의 생각과 공감이 이어지고
서로 마음이 닿아진다면 너무 기분 좋아질 일이라고 생각합니다.

나의 외로움과 함께해 준 이 글들에 무한 애정을 담아 봅니다.

-'시인의 말' 전문

친구라는 말, 수취인 없는 글, 웃음, 상처 난 마음의 치료제, 생각의 부스러기라고 시인은 말한다. 자신의 상처를 보듬어준 것이 글이었으며 시인이 치유된 것처럼 시인의 작품에서 누군가 치유되고, 시인의 생각과 공감이 이어지길 바란다는 소박한 희망을 작가의 말에 담았다. 문학의 가치, 발전, 시적 질감의 질적 윤택과 융합이라는 어려운 미사여구가 아닌, 마음이 하는 말을 민낯 그대로 꺼내 이야기하는, 어쩌면 그것이 우리가 보고 싶은 '순수'라

는 말의 비사전적 어휘가 아닐까. 최인혜 시인의 시집 속
에는 어두운 밤을 홀로 지키는 호롱불이 있고, 질박하지
만 사려 깊은 침착이 있고, 빠르지 않지만 제법 느린 나
름의 속도가 있고, 지켜야 할 자기만의 기준이 또렷하게
내재 되어 있다. 말이라는 옷을 입혔다고 한다. 일반적인
언술행위에 시라는 장르가 갖는 알레고리를 이용하여 주
제를 드러내는 것에 주목해야 할 것이다. 최인혜 시인만
의 시적 알고리즘(algorithm)에서 나를 발견할 수 있다면
그것으로 만족할 수 있을 것이다. 몇 편의 작품을 통해
그녀의 시 세계 속으로 몰입해 본다.

2. 들여다보기

참 웃긴 거 알아
해바라기 곁에 서성이는 바람 말이야
해바라기는 해를 바라보고 있고
바람은 해바라기 주변을 서성이고,
사실은
바람이 해바라기 주변만 맴도는 건 아닐 거야
이리저리 왔다가 해바라기 주변에 머무는 것인지도
해바라기는 말이야
늘 한 곳만 향하는 듯하지만
자기를 향해서 밝음을 주는 쪽을 향해 있는 거야

해 바라기 하다 꽃잎이 떨어지고
씨앗이 익어갈 때쯤
해바라기는 말하지
너를 기다리다 난 속이 까맣게 썩었다고
바람은 말하지
너에게 다가가기 위해 난 거칠고 험해졌다고

차가운 바람이 부는 어느 날 해바라기는 중얼거리지
네가 있어서 참 좋았다고
바람도 답하지
네가 있었기에 외롭지 않았다고

-「독백」 전문

　자기 모습을 해바라기에 투영해 바라보는 세상 이야기
라고 해야 할 것 같다. 해바라기를 흔드는 바람과 '해 바
라기'하는 해바라기의 모습. 아마 해바라기는 자기를 향
해서 밝음을 주는 쪽을 향해 있는 것이라고 시인은 말한
다. 밝음을 주는 쪽이라는 문장에 주목해 읽는다. 내가
밝음을 향해 있다면 누군가가 나를 밝음이라고 인식하고
나를 향해 있을지도 모른다. 세상 사는 일은 대개 그렇
다. 내가 밝음을 의지하고 살듯, 누군가 나의 밝음을 인
식하고 사는 주고받는 밝음의 온기가 세상을 환하게 만
드는 법이다. 공존, 공생이라는 말로 다 표현하지 못한

삶의 진리는 이렇듯 내가 인식하든 하지 못하든 적정한 배열을 유지하며 사는 법이다.

해바라기는 속이 까맣게 썩고, 바람은 거칠고 험해졌다고, 하지만 그 모든 고통의 시간이 결국 외롭지 않게 만든 시련의 계절이었다는 것을 우리는 알고 있다. 존재론적인 측면에서 네가 존재함으로 내가 존재한다는 공존의 의미는 무척 큰 무게를 갖고 있다. 서로 도와서 함께 있는 것을 공존(共存)이라고 한다. 세상은 더불어 살아가는 것이다. 때론 그 더불어 사는 상대방이 곤혹스럽게 하고 아프게 한다 해도, 결국 그것은 우리들의 생을 만들기 위한 과정이라는 것을 시인은 말하고 싶은 것인지도 모른다. 그랬기에 시제를 '독백'이라고 한 것이라는 심증이 든다.

카톡 카톡
어느 모임방에서
늦은 시간
이른 시간 때도 없이 찾아오는
카톡 알림 때문에 화를 내는 이모티콘이 올라오곤 한다
난 무음으로 해놓고 하루에 몰아서 보곤 한다
카톡을 안 본다고 짜증을 듣기도 하지만
나의 자유로움에 고쳐나갈 생각이 없다
어느 날 늘 푸른 소나무와 차를 마시는데
좋은 글이 있으면 제일 먼저 동생이 생각나고

"이런 음악, 이런 그림도 좋아하겠지!" 해서 보내주는 관심이라고 한다

순간 햇볕에 말라버린 지렁이처럼 온몸이 말라붙었다
바쁘다는 핑계가 궁색해지는 순간이었다

-「보이지 않는 마음」 전문

꽃이라는 작품에서 김춘수 시인은 이렇게 말한다. "내가 그의 이름을 불러주었을 때 / 그는 나에게로 와서 / 꽃이 되었다." 내가 꽃의 움직임이나 생과 소멸에 대해 아무 관심이 없을 때는 꽃은 그저 무생물의 하나지만 내가 관심을 두었을 때 비로소 꽃이 된다는 의미. 관심은 그런 것이다. 작은 것 하나도 소홀하게 보지 않고 너를 떠올리고, 너와 관계를 맺는 것. 더 중요한 것은 눈에 보이는 것보다 보이지 않는 것을 볼 줄 아는 마음이다. 어쩌면 말을 하면서부터 보이지 않는 것보다 보이는 것에 더 치중하게 된 것이 우리네 삶인지도 모른다. 보이지 않는 속을 읽어주는 것. 그것이 가장 중요한 사람 읽기라는 과목인데 단순히 말에 기반해 모든 것을 판단하고 편견을 갖고 사는 것은 아닌지 한 번쯤 생각해 볼 문제다. 좋은 글이 있으면 동생이 먼저 생각나고, 음악, 그림을 감상하면서도 모두 동생이 생각나는 것은 마음이다. 보여줄 수 없는 마음이다. 그 마음을 읽는 연습을 해야 한다. 보이는

것보다 보이지 않는 것을 보는 것이 시인만의 페르소나
(Persona), 지혜로운 삶의 방정식이다. 시인의 마음이 보
인다.

할미가 좋으냐
응
얼마큼
이~ 만큼(두 손을 활짝 벌려) 내가 보이는 거 다만큼
오구~ 내 새끼
작은 가슴 끌어안고 숨죽여 떨구는 냇물
이유를 모르는 손녀는
그 상황이 자기 잘못인 것 같아 따라 운다

이제 할미가 된 그 손녀
세상에서 누가 제일 좋아?라고 손주에게 묻는다
엄마
엄마만?
엄마 아빠 할머니 할아버지
최면에 걸려 주문을 외는 듯 노래한다

내게는 엄마였던 할머니
지나간 슬픈 상념들 뒤로하고

단풍잎 같은 작은 손을 조물거리며 따뜻함을 품는다

오징어잡이 불빛이 밤하늘에 반사되어
불화살처럼 쏟아져 내리는 목마른 밤바다
사랑은 진행형이다

-「사랑은 진행형」 전문

진행형이란 말은 완결되지 않고 계속 행해지는 어떤 상황이나 상태를 이야기한다. 동사 시제의 하나로 '나아감꼴'이라고도 한다. 쉬운 말인데 구태여 국어 사전적 설명을 붙인 것은 결구의 사랑은 진행형이라는 말에 눈길이 가서 그렇다. 살다 보면 '완결'이란 말은 '종료'라는 것을 알게 된다. 이승에서 저승으로 가는 것이 종료라는 말을 붙일 수 있는 말이다. 하지만 과연 그것이 종료의 의미로 완벽한 것인지는 필자도 잘 모른다. 비록 여기에는 없지만 내가 수시로 그리워하고 마음에 담아두고 언제나 꺼내 볼 수 있다면 그것을 완료라고 볼 수 있을 것인지? 죽음은 물리적이다. 하지만 물리적인 것을 넘어서는 감성적인 완결은 누구에게나 현재진행형이 될 것 같다. "오징어잡이 불빛이 밤하늘에 반사되어 / 불화살처럼 쏟아져 내리는 목마른 밤바다" 그 불빛 어딘가를 어룽거리는 따뜻한 마음들, 유년의 어느 한때의 아궁이를 달구던 정과 사랑이라는 장작불을 기억하는 시인의 마음이 그 자체로 한 편의 시라고 한들 누가 뭐라 할 것인지. 손녀, 할미, 엄마, 내 새끼, 이 모든 평이한 단어 속에 숨어있는 가장 위

대한 말, 사랑. 시인의 말처럼 사랑은 현재진행형이다. 세상이 어떻든 간에 진행형이다.

　임신한 뒤태가 예쁘니 아들인가보다
　입덧을 안 하니 효자인가보다
　동네 어르신들의 말씀이었다

　우렁찬 울음소리 터트리던 날
　온 세상을 다 얻은 것 같은 큰 감동을 준 아들
　젖꼭지 물릴 때 가슴속 뭉클함에 뜨거운 눈물 짓게 하던 아이다

　병원에서 나와 목욕시킬 때 나를 긴장시켰던 첫아이다
　4개월쯤 지나서인가 아이와 옹알이할 때
　잇몸에서 하얀 이가 나온 것을 보곤 그 경이로운 감동이란…

　학교 다닐 때 똑똑하여 나에게 기쁨을 준 아이
　사춘기 지날 때 나에게 절망과 아픔을 주었던 아들
　기대치를 낮추니 비로소 아이가 예쁘게 보이고
　기대치가 높아 항상 부족하게만 생각되었던 아들

　믿어주고 기다리면
　스스로 알아서 다 한다는 어르신들의 말씀을 이제야

알겠다

　울 아들에게 난 사과한다

　미안해 엄마가 너무 조급증을 내서…

　그리고 고마워

　-「아들」 전문

　내리사랑이라는 말이 있다. 그 말속엔 셈법이 따로 없다. 무조건 손해 보는 장사다. 한 푼의 이문이라도 남길 생각은 하지 말아야 한다. 주었다고 반대급부로 받아야 한다는 생각도 하지 말아야 한다. 물이 상류에서 하류로 흐르듯 그저 흐르는 것이다. 사랑이 흘러내려 아들에게 가는 것이다. 수태 후 오랜 시간을 같이 보낸 아들. 너 때문에 힘들었지만 결국 너 때문에 행복했다고 말하게 만드는 것이 자식이다. 핏덩이 붉은 얼굴로 나와 하루가 다르게 자라는 모습에 즐거워하고 기뻐하다, 사춘기 접어들어 어미 속을 있는 대로 긁어 놓다가, 때론 어미를 절망 속에서 휘청거리게 하기도 한다. 그런 것이 인생이다. 내 마음대로 되는 것이 하나도 없는 것이 자식이라는 아이다. 하지만 다시 생각해 보면 내가 아이에 대한 기대치가 너무 높았던 것은 아닌지? 내 자식이라는 이유로 남의 아이들과 특별하게 생각한 것은 아닌지? 오히려 그것이 더 아이에게 스트레스로 작용해서 그 스트레스의 상승작

용이 내게 다가와 나를 힘들게 만든 것은 아닌지? 시인은 그런 반성을 하고 있다. 아들에게 보내는 마음을 자신에 대한 반성에서 출발하여 서로 극복해 보자는 의미로 들린다. 아들에게 사과하는 엄마. 그 모습을 쉽게 보기 어려운 것이다. 현대사회의 모럴은 많이 변화했다. 사과 자체를 하지 않는 사람들도 많다. 원인을 상대방에게서 찾는 일도 비일비재하다. 자기로부터의 반성이 수반될 때 가족은 행복해지고 보다 환한 미래가 찾아올 것이라는 지혜를 시로 표현한 것이다. 시가 그래서 중요하다. 뒤돌아볼 수 있다는 것. 아니, 뒤돌아봐야 봐야 한다는 것. 그래서 뒤안길의 어느 지점에서 미래의 우리를 그린다는 것에서 시를 쓰는 이유를 찾아야 한다. 시는 다분히 미래지향적이다. 시는 말로 하지 못한 말을 토해내는 것이다. 글을 통해 글의 기교가 아닌 마음을 통해 온전한 나를 전달하고 전승하는 것이기에 시인은 위대한 것이다.

강변 뚝 무리 지어 핀 클로버
존재감 없는 클로버는
당당히 무리 지어 자기만의 세상을 만든다
습관처럼 찾는 네 잎 클로버
짓밟혀진 꽃들과
꽃반지 사이로 해가 진다

일상에서 만나는 소소한 행복

수많은 세 잎 클로버 속에
네 잎 클로버가 숨겨진 것은
행운은 행복 속에 숨겨져 있는 것일 거다
어쩌면
이 작은 아름다움이
나의 빈 가슴을 채우고 있을 거야
침묵하며 나를 강하게 만들겠지

행복은 가진 자의 것이 아니라
느끼는 자의 것이기에

-「세 잎 클로버」전문

　누구나 공감하는 일. 세 잎 클로버 사이에서 네잎클로버를 찾는 것. 하지만 쉽지 않은 일이다. 시인은 말한다. "수많은 세 잎 클로버 속에 / 네 잎 클로버가 숨겨진 것은 / 행운은 행복 속에 숨겨져 있는 것일 거다"라고. 생각해 보면 정확히 맞는 말이다. 동시에 삶을 살아가는 지혜가 엿보이는 말이기도 하다. 살아온 경륜에서 얻어진 평범한 진리. 어쩌면 그것이 일상에서 만나는 소소한 행복의 몇 가지 중 하나일 지도 모른다. 대단하고 가치 있는 행복이 아닌, 소소한 행복. 우리가 원하는 행복의 조건은 소소한 이라는 것에 방점을 두고 있는지도 모른다. 소소하기에 누구나 꿈꿀 수 있고 소소하기에 누구나 가질 수 있는 작은 것들의 의미. 무게는 어느 것이 무거운지 모른다. 소소한 것과 소소하지 않은 것의 무게는 사람마다 다르기에 측량할 수 없다. 그래서 쉽게 얻을 수 있는 작은 행복에 가치를 더 두면 삶이 조금은 더 가벼워지고 홀가분해진다. 세 잎 속에서 네 잎을 만나는 것은, 아주 어려운 일은 아니다. 그 네 잎이 행운을 주는 것인지도 잘 모른다. 하지만 발견 당시는 행복하다. 행운이라는 것을 염두에 두기는 했지만, 그 순간의 기쁨이 나를 기쁘게 한다.

무엇이 더 필요한가? 이 거친 세상에서 더 얻을 것이 없다면 소소한 행복에 가치 기준을 두고 사는 것이 가장 바람직한 삶의 자세 아닐지 하는 생각이 든다. 욕심이 과하기에 망하는 것이며 탐욕이 강하기에 쓰러지는 것이 인생의 법칙이다. 주어진 대로 아니, 쥘 수 있을 만큼만 손에 쥐면 차고 넘치는 것이 손바닥인데 더 없은들 모두 손가락 사이로 빠져나갈 것에 집착할 필요가 없다는 말이다. 최인혜 시인은 말한다. 행복은 가진 자의 것이 아니라, 느끼는 사람의 것이라고. 내가 행복하다고 느끼면 세상 아무것도 부럽지 않다. 그렇게 우리는 우리 몫의 행복을 만끽하며 사는 것이 인생이라고 시인이 말한다. 귀 기울여 듣자.

봄을 기다리는
백운산 자락에는
강아지풀 빨대로

노란 물감을 올리는 중이다
손 흔들어 반겨주는
이름 모를 잔가지들
더 깊은 숨을 쉬며 힘겨운 초록을 빨아올리고
떠나지 못하는 잔설은
햇님에게 불려간 서러움에 울고 있다
그 서러움은 계곡에서 만나
실로폰으로 작은북을 치는 푸른 물소리

오두방정 개나리
급하게 햇님 마중 나왔다가 사랑에 빠져버렸네
그대는 나의 별
밤하늘 별님을 유혹하다가
지나가던 바람에게 들켜버렸네

아, 어쩌면 좋아

-「바람난 개나리」전문

이 시집의 제목으로 명명된 작품이다. 바람난 개나리라
는 알레고리가 소박하게 재밌다. 작품의 면면이 어린 시
절의 어느 한때를 연상시키는 순수함이 묻어있고 시인이
보는 세상에 대한 관점이 맑고 청명하다는 것을 알게 된
다. "실로폰으로 작은북을 치는 푸른 물소리" "아, 어쩌면

좋아." 이런 표현에서 풋풋한 글 향이 느껴진다. 완숙한 작가의 글보다 더 진한 향이 느껴지는 것은 온전하게 전달되는 보이지 않는 마음의 전령 때문일 것이다. 은근하게 때론 유구하게 풀어내는 「바람난 개나리」에서 시인의 감성을 정확하게 알게 되는 것 같다. 누구나 일독하면 마음 한 부분이 청량해지는 것을 느끼게 된다. 시가 할 수 있는 존재 이유다. 이제 곧 봄이다. 노랗게 빛나는 개나리를 보면서 최인혜 시인의 바람난 개나리를 곁들여 읽는다면 이 봄이 그렇게 야속하지만은 않을 것이다. 목련이 피고 지는 사이에 햇살 한 줌 손에 그러쥐고 시집 한 권 들고 여유 있게 나들이해 보자. 개나리처럼 우리도 바람이 날 것이다. 봄의 미풍에, 봄의 화사함에, 봄의 느긋함에, 그렇게 우리 같이 동화하며 사는 것이다.

이름이란
대답이 없어도
끊임없이 부를 수 있는 특권인가 봅니다

메아리라면
되돌아올 수도 있으련만
공허하게 부르는 내 안의 웅얼거림
사람들은
이것을 슬픔이라 말하겠지요

사랑이라는 이름으로
간섭하게 되고 집착하다 보면
내 안의 울렁거림으로 인하여
상처로 남는 것임을
서로에게 상처임을

가끔은
그런 것을 그리움이라고
그리움이었다고
포장하고 싶어집니다

-「너라는 이름」 전문

　누구나 이름이 있다. 하지만 누구에게도 불릴 수 없는
이름도 있다. 아니, 이름을 부르는 자체로 눈물부터 나는
사람이 있다. 그리움의 실체는 아무도 알 수 없다. 그리
움은 나를 거짓된 위선으로 만들기도 한다. 이런저런 이
유로 포장하여 만든 포장지 속 알맹이는 맹탕일 수도 있
을 것이다. 하지만 알면서도 그렇게 하고 싶을 때가 있
다. 내가 가진 그리움의 실체를 내보이기 싫어서. 실체로
인하여 내가 무너지지 않기 위해서 부득이 포장해야 할
때가 있다. 분명한 것은 그리움이 '그리움'이 되기 위해서
우리에게 남은 상처가 너무 많다는 것이다. 그 상처로 인
해 그리움의 상흔이 더 큰 것인지도 모르지만 너라는 이

름이 내게 준 것, 혹은 남기고 간 것은 몫이다.

그리움은 남겨진 사람의 몫이다. 만나고 헤어지는 와
중에서 너를, 네 이름을 그리움이라고 포장하고 싶을 때,
이전의 그 집착이 안타까운 회한이 될 때, 삶은 지금보
다 더 감상의 그늘 밑에서 자라는 기생식물이 될지도 모
른다. 그리운 것은 그리운 대로 내 버려두는 것이다. 몰
래 이름도 불러보고 몰래 눈물도 훔쳐보고 그러다 지쳐
하늘 한 번 쳐다보는 것으로 남겨 두어야 한다. 그리움
과 나 사이 지근거리는 늘 적당해야 한다. 그 거리의 이
격 속에 당신과 내가 존재하는 것이기에, 더 그리운 법이
기에 딱 그만큼의 거리에서 이름을 불러줘야 한다.

3. 맺으며

몇 편의 작품 감상을 통해 시인의 모든 것을 알 수는
없다. 알게 되었다고 하면 위증이다. 최인혜 시인이 살아
온 궤적을 내가 모르며 감상의 밑바닥을 내가 모르며, 시
인이 소유한 아픔의 크기를 내가 모르며, 삶의 고단한 무
게를 감히 짐작할 수 없기에 이렇다며 단정할 수 없다.
다만, 유추할 수 있는 것은 꽤 오랜 시간을 글과 함께 자
신을 다독이며 살아온 것과 글을 통해 자기반성을 많이
했다는 것. 그런 연유로 조금 더 가치 있는 말을 자식에
게 남겨주고 싶어 한다는 것이다.

때때로 우리들은 전혀 예상하지 않은 시간에 전혀 예상

못 한 나를 만나기도 한다. 이 시집의 서평에 부제로 놓은 어느 일몰의 근처에서 나를 만났을 때라는 부제를 붙인 이유다. 그렇게 인식하지 못할 사이에 나를 만나고 내 이야기에 솔깃하게 귀 기울이는 나를 만나고 내 기억보다 오래돼 버린 이야기 속의 어린 나를 만나고, 힘들고 어려운 삶의 여정을 버티고 살아온 나를 만나서 한바탕 울고 싶을 때가 있을 것이다.

최인혜 시인의 작품이 그렇다. 기교적으로 화려한 수사나 달필의 문장력이 아닌 가슴에서 가슴으로 전하는 말의 크기가 크고 온유하다면 맞는 말일 것 같다. 때로는 서사가 아닌, 생활에서, 현장에서, 뒤안길에서 더 많은 나를 만나게 된다. 내가 만난 내가 솔직하고 진솔할수록 내 삶은 정당하고 바른길을 살아낸 것이다. 최인혜 시인의 첫 시집 『바람난 개나리』에서 시인이 말하는 시인과 내가 만나 우리가 된다면 이 봄을 좀 더 환하게 빛을 수 있을 것이다. 시는 마음에 쓰는 편지다. 내 마음에, 당신 마음에, 그리고 우리 모두의 마음에 쓰는 편지라는 생각으로 일독을 권한다. 최인혜 시인의 첫 시집 상재를 축하드리며 5부에 수록된 시 한 편을 소개하며 맺는다.

하느님도 외로워 산 밑으로 내려와 그늘을 만든다
는 저녁
마음의 화를 참을 수 없어 애마와 동행을 합니다
해님도 집을 찾아가는 길
가난한 나와 함께합니다
앞서거니 뒤서거니
내 어깨와 나란히 하면서
성난 나를 토닥이며 속삭입니다

이해란
남의 생각을 완전히 아는 게 아니라
다르게도 생각할 수 있다는 걸 공감하는 것이라구요
하늘 저쪽 기러기 떼 한가족 무리도
엄마 아빠 앞세우고 집을 찾아갑니다
함께 하던 햇님도 친구를 찾았는지
산 너머로 발그레 물들이며 축제를 합니다

-「이해한다는 것은」 전문